寂かな場所へ

中村稔

青土社

寂かな場所へ

目次

I　冥土

II　樹

寂かな場所へ

I

冥土

冥土（一）

冥土を訪ねてみた。うす暗く、冷え冷えと風が吹いていた。
想い描く銀河系宇宙と同じほど涯《はて》しなく空間がひろがっていた。
ばったり旧い友人と出会った。相変らず頭脳明晰、口が達者だった。
——どうだ、退屈して、することもないから、出かけてきたのだろう、という。
——此処は誰も何もすることがないから、倦怠感でいっぱいだ。
かりに高度な理論を発見しても、発表しようもないし、聴き手もいない。
だから、どうして此処にいるのか、誰にも分らない。
冥土にいると、冥土にいる意味も考えなくなるのだな。

――あっちの世界でも生きている意味の分らない人が多いんじゃないか。
そんな連中はさっさとこっちへ来るべきなんだ。
此処には季節の推移もないし、草花もなく、サッパリしたもんだ。
きみもそんな気分で出かけてきたんじゃないのか。

――いや、ぼくはやがて春が来て草木が芽吹くのを愉しみにしているし、
これから何をしたらいいか、目下は分らないけれど、やがて見つかるだろうよ。
もうしばらく、あっちで生きながらえたいと思っているのだ、と答えると、
――おまえは莫迦だな、と言い捨てて、友人は闇の中に消えていった。

冥土（二）

冥土は銀河系宇宙ほどもあるかと思われるほど涯しなくひろがっていた。
冷ややかな風が吹きすさび、うす暗かった。
じっと眼をこらしていると、一組の骸骨《がいこつ》が抱き合っていた。
彼らは愛し合っているかのようにみえた。

やがて彼らの骸骨の顔にも胴体にも、両手両足にも、ふっくらと肉がつき、
彼らはまるで生きているかのような躰《からだ》をもっているようにみえた。
私には、二人の男女が情を交わし、恍惚としているかにみえたのだが、
冥土にあり得る風景ではないと思えば、私のみた情景はまぼろしにちがいない。

また、もう一組の骸骨が向き合っているのに気づいた。
彼らはしきりに罵り合い、憎み合い、悪口雑言を言い合っていた。
彼らの間に愛情などとうに醒《さ》めきっているようにみえた。
彼らは骸骨のままいつまでも憎み合っていた。それも私が冥土でみた風景であった。

私は冥土で憎悪の極みをみた。そして恐怖を覚えた。
私たちが愛し合うことはできるが、骸骨になっても憎み合い続けなければならないか。
ところで、私は妻を探していたのだが、見つからない。もう二十年以上も前だから。
遠い星に行きついて孤独をかこっているのではないかと思うと憐れで悲しかった。

冥土（三）

冥土では雲が低く垂れ、うす暗かった。
がらんどうで、草木も生えず、ただ頬を切るような冷たい風が吹いていた。
何人かの人が覚束なさそうにふらふらと歩いていた。
その中に私は見知った老婆がいるのに気づいた。

私は彼女と目を合わせないように身をそらしたのだが、
彼女が私を認めて、弱々しい声で話しかけてきた。
彼女は私の旧友の母親であった。母一人、子一人の母子家庭であった。
彼は大学を卒業し、某大企業の役員にまで昇進した。

彼はジョギング中、脳内出血で急逝した。それがささやかな悲劇の初まりだった。
彼の資産は彼の妻と子が相続し、母親には一銭も渡らなかった。
彼の妻子は遺族年金で不自由なく、暮しているのに、
私は生活保護だけがたよりの生活、こんな不公平はないでしょうと訴えてきたことがある。

それが相続法の定めなのだから諦める他、ありませんね、と素っ気なく突き放すと
嫁の姑いじめも相続法の定めですか、と私をなじっていたが、
此処にきてようやく気楽になった、という。私が多少は安堵して彼女から目を背けた途端、
三十年ほど前に他界した妻のような女性が歩いているのが私の視野に入ってきた。

あまりの懐かしさに私が駆けよると、女性は私をふりはらうような仕草で、
人違いじゃありませんか、という。冥土では死者は年をとらないから、妻の容貌は
生前と変りないのに、その間、私は年をとったのだから、人違いもあり得るだろう。
あるいは、妻は天国にいるはずだから、人違いというのも当然だ、と遣る瀬《やせ》なく思った。

冥土（四）

淵をはさんで、向う側の冥土には若い男がいた。

体格は普通にみえたが、いかにも気弱そうな男であった。

こっち側には男の母親とおぼしい中年の女性がいて、向う側の男に手を差し伸べていた。

若い男は女性の手を掴もうとしては、掴みそこねた。


冥土と淵をはさんでこちら側の岸にはかなりの数の見物人が見守っていた。

あいつは真面目な男だが、一つの仕事にうちこめないので、仕事を転々と変えていた。

そのうち、慣れない仕事で機械にはさまれて事故死したのだよ。

母親もがっかりしたし、本人も不本意だったにちがいない。

だから、母親は息子をこの世に引き戻そうとしているし、息子もその気はある。
しかし、息子は本当はこの世に見切りをつけているのじゃないのかな。
母親が息子の手を握っても、滑らせたふりをして、息子は手を離し、
この世には二度と戻らないという思いを母親に伝えているのだよ。

息子としてはこの世は怖いし、この世に戻っても生き甲斐がないから、
もう一度人生をやりなおすつもりはない、そんな息子の気持が母親は察せられない。
そう考えると母親は憐れだね、という。そんな感想を聞いた見物人の一人が
生き甲斐をもって生きている人がこの世にいるのかな、と言い捨てて去っていった。

冥土（五）

冥土はうす暗く、がらんどうとした空間に
細い小径がくねくねと続き、小径の上だけが明るかった。
死者が二人低い声で話しながら歩いていた。香港の民主派が、中国政府の政策は
香港が一国二制度の約束に反する、と騒いでいるけれどどうなのかねえ、と一人が言う。

いったい、香港はアヘン戦争の結果、英国が清朝中国から奪いとったものだけれど
当時の英国議会でさえアヘン戦争が正義に反するという投票は二六二票、
戦争支持の投票は二七一票だから、僅か九票の僅差で開戦が支持されたのだった。
それほど正義という観念は御都合主義的な観念なのだね。

だから、香港の強奪は英国史上も恥ずべき汚点だね。
その香港の返還のさいに、英国が中国に一国二制度と称して
香港に英国統治時代の制度を継続するように強制したのだが、厚かましさも極まるね。
中国が一国二制度に同意したのは当時はまだ国力が弱かったからだろう。

ただ、台湾はどうかな。台湾には清朝時代から少数の漢民族が本土から移り住んでいたが、
清朝政府の権力の及ぶ治安の外だったし、もちろん住民から税金を徴収もしていなかった。
それでも台湾は中国の一部という主張が正当だといえるのかね。たまたま、ある島に
漂流民が棲みついて、本国は何の面倒もみなかったのに島の主権を主張するのと同様だよ。

ぼくたちが立ち去ってきた地球上の人類は、何が正義か、何が正義に反するか、
分りもしないのに、始終いがみあい、世界各地で民族間、国家間などで殺戮を続けている。
おっと、きみ、この小径から足を踏み外してはいけない。
足を踏み外すと、闇の中をまっしぐらにあの人類の跋扈する地球に転落しちまうよ。

冥土（六）

冥土はうす暗く、白い小径がくねくねとがらんどうの空間に続いていた。
二人の男が話し合っていた。冷たい風が足許を掠めていた。
何処まで行っても、こんなに何もないのかね、と一人が訊ねると
相手が、どこかに広場があると聞いたことがある、と答えた。

事実、しばらく歩き続けると、煌々と明るい広場に出た。
多数の人々がさも用事でもあるかのように縦横に往来していた。
二人は知り合いが見つかりはしないかと眼をこらした。
しかし、何時間、見つづけても一人の知り合いとも出会わなかった。

そうだ、冥土にはあらゆる時と場所にかかわりなく
死者が送りこまれてくるのだから、知り合いと簡単に出会えるはずがないね。
こうなったら、いっそ、あの世が恋しいねえ、あそこに戻れば
あの道角にも、あの通りにも知った人たちばかりだから、懐かしくてたまらない。

きみのいう知り合いもみんなもう冥土に来ていることを忘れているのじゃないか。
いまさら、あの世に戻りようもないけれど、戻っても誰と会えるわけじゃないのだよ。
そう言われればそのとおりだな、ぼくたちはこの小径を行くより他はないのだね、
この広場を抜けて、いつまでもうす暗い小径を行くより仕方がないのだねえ、と答えた。

冥土（七）

冥土の空低く垂れた雲の下、うす暗い空間を横切る小径だけ明るかった。
その小径から足を踏み外さないように注意しながら、二人の男が歩いていた。
遠くせせらぎが聞こえた。山のなく、雨も降らない、乾ききった冥土に
川音が立つのがふしぎであった。二人は立ちどまって耳を澄ませた。

遠くで死者が嗚咽していた。死者が血縁と別れる悲しさに嗚咽しているのであった。
嗚咽が泪となり、絶え間ない泪がささやかな川となり、せせらぎを立てているのであった。
血縁と別れることは、嗚咽が泪となり、泪が川となるほど哀しいものかな、
ぼくは妻に先立って来たのだが、妻との別れを歎いてどうなることでもない、と一人が言う。

それはきみが分別があるからだよ。ぼくも妻に先立って来たので、寂しくてたまらない。
ぼくもほんとは泣きたい思いをこらえているだけのことなんだ。
きみがあの世においてきた妻をかけがえない存在とみていたことは知っている。それでも
きみは死がきみときみの妻を決定的に切り離すのだと理性的に理解しているのだよ。

相手の男が言う。ぼくはきみほど分別がないから、ぼくを自由勝手にさせてくれるなら
ぼくも泣きたいし、ぼくの泪でできるささやかな川にせせらぎを立てさせられるのだ。
それは困る、きみの泪がつくる川で溺れるのは御免蒙りたい、と分別のある男が言うと、
ぼくたちは死者なのだから、もう溺れることもできないのさ、と分別のないはずの男が言う。

冥土（八）

なにしろ川の上を炎が走るのですから、川に逃げた人たちでも
多数が炎に巻かれて焼け死んだのですよ。あたしの娘もそうして焼け死んだのですよ。
十七歳のかわいい盛りだった。周りは焼夷弾で火の壁だから、逃げ場所といったら
隅田川しかなかった。川に飛びこんで泳いで渡ろうとしても、泳ぐのも命がけだったのよ。

あの老婆は一九四五年三月一〇日の東京下町の大空襲の思い出を話しているようだね、
冥土の一角、そこだけ煌々と明るい広場、四、五人の人々に囲まれて話し込んでいた。
前年七月、サイパンが陥落して以後、わが国は事実上制空権も制海権も失っていた。
サイパンからわが国本土へはＢ29の航続距離の範囲内だった。

以後もわが国軍隊は敗北をかさねていたから、B29は自在に本土の各都市を爆撃できた。

いわば勝算がまったくなかったのだから、一日も早く無条件降伏すべきだった。

ところが、わが国の支配層は国体が維持できるような条件での終戦に拘泥して、本土決戦など莫迦らしい作戦を国民に押し付け、無数の無辜《むこ》の人々を死なせたのだよ。

国体とは天皇制の維持なんだから、そんなことに拘泥しなかったら、東京大空襲も広島、長崎の悲劇もなかった。ぼくたちは当時の支配層の責任を問うべきだよ。

おや、きみはあの行列にふかぶかと頭を下げていたね、あれは皇族の葬列なのかな、すると、いまだに皇族に敬意を払うべき理由がないことがきみは分っていないのだね。

冥土（九）

砂礫《されき》まじりの列車が冥土を吹き過ぎた。その烈風のあと、幻のように四、五人の男たちが一人の男を囲んで、口々に罵っているのが現れた。
彼らはぼくの勤めていた会社の同僚たちだ、冥土ではもう地位も役職もないから、同じ死者としてかつての部下たちがかつての上司に苦情を言っているのだ、という。

あんたはおれたちに始終違法な超過勤務をさせて無理矢理レポートを仕上げさせ法定の勤務時間内の仕事のように見せかけて作成させたレポートを役員に上げて、役員のご機嫌取りをして、点数をかせいでいたろう。そのためにおれたちがどれほど辛い思いをしたか、分るか。となじっている。冥土では誰もが平等だから言いたい放題だ。

元の上司はしきりに謝っているのだが、つるし上げは何時になっても終わらない。
ごらん、あの連中から離れて一人佇んでいる人がいる。彼もかつては役員だったが、誰もが丁寧に挨拶し、敬意を払って過ぎ去っていくだけで、苦情など言う者は一人もいない。冥土でもあの人には自《おの》ずから威厳がある、それだけあの人は人格が高邁、清潔なのだよ。
そういえば、きみの許には苦情を言う者もないし、きみをなじる者もいないけれど、さりとて、敬意を払いに挨拶に来る者もいないねえ、これはどうしてだ、と訊ねられて
ぼくは部下いじめもしないし、上司のご機嫌も取らなかったので昇進もしなかったからだ
そう答えると、砂礫まじりの烈風がまた吹いて、彼らは幻のように消えてしまっていた。

冥土（一〇）

死者には国籍、人種の差別はないし、白人と黒人の区別も、黄色人種との区別もない。
死は生きていた時のヒトをその人種、職業、身分などのすべてから自由にする。
一視同仁、冥土では生きていた時の人間関係から死者は解放されるから
冥土の秩序によれば誰もが同じ死者として平等に存在するのだと一人が話していた。

ほんとでしょうか。私は生きていた時は女性の黒人召使でした。
忘れもしません。あの時、嫌がる私を押さえつけて主人が私をレイプしたのです。
かりに裁判に持ち込んでも、主人は私が納得していたのだと主張するでしょう。
どうしたら私が納得していなかったと証明できるでしょうか、と訴える女性がいた。

そこに旧主人が居合わせて、彼女が奴隷で私が白人なのだから、私には法的責任もないし、私は良心の咎めも感じない。黒人は奴隷なのだから差別に耐えるのが当然なのだ、と言う。彼らのやりとりを聞いていた周りの人々が、まじまじとその白人男性を見つめて言った。あなたはあの世の論理がここでも通用すると思っているのかね。

ここ冥土ではあらゆる差別は存在しないから、きみは爪はじきされるのだよ。

いったい黒人の先祖はアフリカの奥地で仲間以外の誰の支配も受けることなく、自由に生活していたのに、白人の奴隷商人が彼らを脅して、お前たちは奴隷だ、と言った。どうして奴隷にされたか、私たちには理解できない。あなた方に説明できるのか。

俗説に、アメリカ建国の父、ジョージ・ワシントンも女性黒人奴隷を妊娠させ子供を産ませたが、子供の行方は誰も知らない。子供も奴隷としてワシントンが誰かに売りとばしたからだ、という。その伝統をあなた方は正義と考えて来たのだ。冥土ではそんな正義は主張できないのだね、周りの人々が口々にそう忠告していた。

Ⅱ

樹

二〇二一年一二月の風景

凍てついた空の下、アカマツの梢の枝々が烈しく揺れ、
私はコロナに怯えている。新型コロナウイルスのデルタ株への変異、
さらにつよい感染力をもつオミクロン株の出現にうろたえている。
残生の幾ばくかを考えれば、憫笑に耐えないと思われても仕方がないのだが。

漸減傾向にあった第五波の感染者数がまた漸増に転じつつあるいま、
来年一月末には第六波に逆転するのではあるまいか。
しかも、第六波で終息するとしても、第七波が一、二年後に襲うかもしれないし、
別種の感染菌が出現しないとは言い切れない。

凍てついた空はあくまで青く透きとおり
アカマツの梢の枝々の緑はその色を濃くしているが、
コロナ菌は地を這い、往来する人々の吐く息、吸う息にひっそりすがりつき
庭のヤツデの根方で私たちを狙いすましている。

コレラ菌の前例を考えてみるがいい、十九世紀初頭、カルカッタで発生したコレラ菌は、
世界を席巻し、最近まで第十次パンデミックがインドネシアに跋扈していたのだ。
安政五年のペリー艦隊が持ち込んだコレラ菌は第五次の流行だったが、
二十五万人を超すわが国の人々が犠牲になった。

人類は感染菌やその変異株と死闘を続けなければならない。
ワクチン、治療薬の開発、実用化が先か、感染菌やその変異株の出現が先か、
その前後に人類の将来はかかっている。その間に亡くなっていく人々は
憐れという他ないが、私も憐れまれる一人になるかもしれぬ。

集中豪雨

夜半から降りはじめた雨が夜が明けても
昼も夜も降り続き、風が猛烈に吹いているから
樹々が倒れ、折れんばかりに揺れ
屋根瓦が二、三枚も吹き飛んだらしい。

私は畳の上にごろんと横になって
人類の進歩とは何だろうか、と考える。
むかし、しぐれ、という言葉があった。
一過性で雨脚は決して強くはなかった。

しぐれの中、傘も持たず、すたすたと歩く人たちが絶えなかった。
彼らには人間らしい味わいがあった。
いま道路には人影はない。
人は皆、屋内に閉じこめられているのだ。

これは集中豪雨だ、文明の進歩の成果であり、災害だ。
何故、文明がヒトを屋内に閉じこめているのか、
ヒトにとって文明とは何であるか、
畳の上にごろんと横になって、私はそんな埒もないことを考える。

ケヤキ枯葉との対話

庭にしきつめているケヤキ落葉に話しかけた。
――きみたちはこうして散り落ちても
春になれば再生するのだから羨しいな、
きみたちが嫩葉《わかば》のころ枝々が芽吹く美しさが待遠しいよ。

ぼくたちも再生するわけではありません、
散り落ちるとぼくたちは死に、次の世代と交替するだけですよ。
ぼくたちの芽吹き時が待遠しいというけれど、一瞬の空しさですよ。
人の生涯にも光と翳があるじゃありませんか。

芽吹き時の枝々のけぶる美しさが空しいとしても
人生で光の当たる時期も空しく、はかないものだよ。
だから、ケヤキ落葉も人生も似たようなものなのかな。
そうとも言いきれませんね、とケヤキ落葉が切り返す。

ぼくたちは堆肥になって季節ごとに新鮮な野菜を生むけれど
人の死体は骨だけで、何の役にも立たないじゃないですか。
そう言われればそのとおりだと反論もできないのだが、
何となく騙されたような気分になるのだった。

日没の海辺で

海辺に佇み、海に沈みゆく太陽を見る。
太陽が海面に沈みきると、水平線が茜いろにひろがり、
やがて茜いろが薄茶いろに変り
しばらくすると、海は闇につつまれている。

こども家庭庁とかいう部局が設けられる、という。
内閣府に属し、関係官庁に勧告権をもつ、という。
内閣府の勧告を拒否できないから、勧告は指令にひとしい。
こうして内閣府はまた新しい権力を手に入れたのだ。

財政諮問会議をつうじ財政支出を伴う事業をすべて支配し、
人事局をつうじ幹部官僚六百名の人事権を掌握したいま、
官僚志望者は激減し、中途退職官僚が続出し、
それでも国会議員の国会答弁の下書きに夜半までこき使われている。

しかも、わが国は日米安保条約、日米地位協定などで
アメリカ政府の好きなように国土、自衛隊を使われ、
米中二大大国のはざまで右往左往し、
グローバル経済からおいてきぼりにされている。

わが国はいまや衰退しつつある。
陽はまだ沈みきらない。茜いろに水平線が染まる日は近い。
闇にまぎれる日も近い。——とはいえ、私が生きている間には
まだ陽が沈みきることはあるまい、とじつは期待しているのだ。

樹

樹はさぞ寂しかったろう。
陽あたりのよいように翳を按排してやったので
アジサイは白く、青く、紫や紅色に誇らしげに色を変えたのに、
やがて萎れ、枯れて、土に還ってしまった。

樹はさぞ寂しかったろう。
枝々に小鳥がさえずり、蜩《ひぐらし》の啼く鋭い声を聞いたのに、
枝々から小鳥たちは去り、
蜩は啼きやみ、凩《こがらし》が吹きすさぶのも近い。

樹はさぞ寂しかったろう。

毎朝、梢を見上げて、深呼吸し、今日も健康だと呟いていた主人が突然死んでしまったのだから。


樹はさぞ寂しがっているだろう。

新しい主人は樹々がこみあっているから間引いておこうと言って、なんと自分を伐《き》るとは、まさかと思いながら、半ば諦めているのだ。

カワセミ街道

東西二百メートルほどの小さな池に沿ってくねくねと小径がある。
散歩の途中、カワセミが飛び立つのを見て、
そのはばたきの眩しいほどの美しさに感動したので、
私はひそかにこの小径をカワセミ街道と名づけたのだった。

小径を半ばほど行ったところ、土手から池に伸ばした枝とその根元の叢《くさむら》のあたりから
カワセミは飛び立って対岸の雑木林に消えていったのであった。
その辺にカワセミの巣があるはずだと思って、そこらで立ちどまって目を瞠《みは》るのだが、
ほとんどカワセミを見たことはない。せいぜい一年に二、三回だけだ。

折り畳みの椅子に腰を下ろし、望遠鏡を離さず、一時間も待てば、あるいは、カワセミを見られるかもしれないが、私はそれほど忍耐つよくない。一日に一回、二十分ほどの散歩の途中で立ちどまるだけだから、見られたら奇蹟というべきかもしれないのだ。

だから、一日一回、二十分ほど、カワセミ街道を散歩するのだが、カワセミを見られると期待しているわけではない。ひょっとしたら、見られるのではないか、と仄かな希望を抱いているにすぎない。

とはいえ、さあ、今日こそカワセミを見られると信じて、散歩に出かけようか。

ぼく自身

道路の真ん中でいかにも溺れそうな恰好で
じたばたしている男を見かけたので
見かねて手を差し出し助けおこして
顔を見ると、なんとぼく自身だった。

ぼく自身でもある彼に訊ねると
新型コロナウイルスだけじゃない、
倫理観が失われ、汚泥でいっぱいの社会に
よくも生きていられるものだ、と彼はぼくを非難する。

それでも道路の真ん中で溺れ死ぬこともできまいと
ぼくが詰問すると、どうせ生きているかぎりは
道化《どうけ》てみせる以外に生きる甲斐はないじゃないか、
と開き直って彼は反論する。

清流に魚すまず、というからな、
ぼくたちは汚泥にまみれた社会に居心地よく
暮しているのだな、とぼくが同感すると、彼は
いつの間にか、ぼくの内部にはいりこんで一体になっている。

集団的自衛権

パリの街角の肉屋に吊り下っている一頭の牡牛を見上げて
舌なめずりしている若い娘を見かけると、ああ、欧米人は肉食人種だと納得する。
それにひきかえ、炭火で焼いている青黒い背の光るサンマを見つめながら
今晩のお菜はイワシに決める中年の女房を見ると、私たちは植物性の人種だと自覚する。

肉食人種は獣を捕獲しなければならない、そのためには罠をしかけたり、
あらかじめ設けておいた場所に野性の獣を追いこむなど、知恵をめぐらさねばならない。
魚を捕るには釣り竿一本で足りるし、船団を組んで出かける時も
群れて来る魚にばったり出会うかどうか、その時の運しだいなのだ。

だから、彼らは知恵をめぐらす論理を組み立てるのに慣れているから世界中に植民地をつくり、植民地を論理的に経営して利益をあげたのだ。私たちは先進国に追いつこうとして朝鮮半島を植民地とし、さらに中国を侵略したのだが、その戦略には知恵もなければ、論理もなかった。その結果、敗戦ですべてが終わった。

集団的自衛権はわが国憲法をどう解釈しても違法としか言えないが、知恵も論理もなく、私たちは、敗戦によって日米安保条約、日米地位協定に拘束されることになって、どんな独自の知恵も論理も構想したり表現したりすることを禁じられているのだ。だから、アメリカが戦争を始めれば、私たちはその指揮の下で戦わなければならないのだ。

蜂蜜のある人生

さまざまな花々が次々に咲き、それぞれ違う香りを放ち、
その蜜を惜しげもなく蜜蜂に与え、人は蜜蜂から蜜を奪い
毎朝、それぞれ違う香りの蜂蜜を賞味する。
その時には、花々はとうに散り、その蜜が賞味されていることも知らない。

私たちは蜂蜜を賞味し、蜜を与えた花々を気にかけない。
私たちはあらゆるじつに多くの植物を採取し、あるいは栽培して、その果実を賞味し
しかも、花々や果実が私たちの犠牲になっていることを気にかけない。
花々や果実たちの何というけなげな高潔さ！　私たちの何という強欲さ！

私たちは死ぬまで生きていなければならないと定められている。
生きることに意味を見いだせなくても、生き続けなければならない。
私たちが強欲なのではない。花々が高潔なのではない。
生とはそのように定められたもので、強欲とか高潔とか価値づけられるものではない。

私たちは生きなければならないから、毎朝、蜂蜜を賞味する。
そのために私たちは非難されても仕方がないのか。
そんなことはないはずだ、と私たちは弁解につとめている。
そう弁解しながらも、じつは多少後ろめたい思いなのだ。

コブシの咲くころまで

コブシの蕾はまだ固い。これから日々水ぬるみ、
土はうるおい、日差しがやわらぎ、私たちの心もときめき、
コブシがほっかりと真っ白な花を幾輪も咲かせる
私たちが待ち焦がれているのはそんな季節の訪れだ。

しかし、コブシが真っ白の花を幾輪も咲かせるころには、
新型コロナウイルスやその変異株が猖獗《しょうけつ》しているのではないか。
昨年の十二月には感染者数が増加に転じ始めていた。
今年に入って、想像以上に爆発的に感染者数が増加しているではないか。

いや、まだ東京で一日数千人レベルの感染者数だから
あと一ケタ多い、数万人まで増えるのは確かだし、
いや、二ケタ位多い数まで増えることも充分ありうるだろう。
それが欧米の状況から察することができる合理的な推測なのだ。

もちろん、人間の側だって、ワクチンや治療薬の開発に精一杯努力するだろう。
しかし、ウイルスの側もオミクロン株をはじめとして次々に変異株を出現させて
人類を脅かし続けるにちがいない。いまや人類とウイルスとの熾烈な闘争の時代なのだ。
何時この闘争が終息するか、誰も経験した者はいないし、予測できる者はいない。

しかし、このウイルスの蔓延は人類の傲りに対する劫罰《ごうばつ》なのではないか。
それでも嫩葉《わかば》が萌え立つ日が近いことは間違いないし、
まもなく冬の弱々しい日差しも日ましに強くなるとしても、ウイルスの跳梁にまかせて
コブシの真っ白な花を暗い気分で見上げることもやむを得ないのではないか。

それでも人類が新型コロナウイルスとその変異株を絶滅させられる日が来るにちがいない。ただ、劫罰にうちかつにはかなりの歳月がかかるだろう、私たちはどういう事態であろうと相当の年月、耐えていかなければならないだろう。今年のコブシの花が咲くころには間に合わない。それでも私たちは耐えるより他はないのだ。それが人類に課せられた苦難だ。

ある別れの風景

フランク、「ヴァイオリン・ソナタ」に触発されて

典雅な容姿の女が中年の男に話しかけている。
みどり色の風の渡る林の中、木洩れ日を浴びながら
女は四十すぎくらい、
かさねてきた体験に磨きあげられた年齢だ。

どうして私たちは別れなければならないのでしょう?
女はしとやかに、しめやかに、ゆっくりと、男に問いかける。
私たちはこれほどたがいに恋い焦がれているのに、
何故、別れなければならないのでしょう? 教えてください。

男の声は太く強く断定的だ、恋には必ず終りがある。
死別することもあれば、生きながら別れることもある。
生きながら別れるときは、たがいにどこかへ赴くように
運命に命じられているのだ、その命令が私たちの耳に届かなくても。

もし男と女が恋に陥ることを愛というなら
永遠の愛はない。愛は幻、つかの間の夢にすぎない。
うつつに生きながら私たちは夢みるのだけれど
夢は必ず醒《さ》め、私たちはうつつに生きなければならないのだ。

恋に永遠はない、私が命じられた場所がどこであろうと、
貴女《あなた》がどこへ赴くのかも知らないし、どこでも仕方がないのだ。
男が言えば、女は何も言わずに、泣きたい思いをこらえて
みどり色の風の渡る林を出てゆく、その後姿こそ涙をさそうのだ。

Ⅲ　寂かな場所へ

晩秋悲歌

磯輪英一さんの死に

私もまた散歩を日課とする。
公園までは歩いてほんの数分の距離、
アカマツの間に曙いろにもみじしたソメイヨシノ、
黄金色の光を放つイチョウの梢、
静かに沈黙しているハゼノキの深紅。

また、四十年来の知己が一人、他界した。
あの人も散歩を日課としていた。
雨がふっても雪がふっても散歩を休まなかった。
一夜、夕食後、胸が痛むと言って早々と床に就いた。

翌朝、ことされているのが発見された。

散歩に死を押しとどめる効果がないことは分りきっている。
彼が死者たちにまじっていったように
私がこうして散歩を続けているからといって
死者の群のなかに入ってゆく日も遠くない、ひとしきり
限られた人々の記憶のなかの存在となる日も遠くない。

曙いろのソメイヨシノのもみじが終るのも遠くない、
イチョウの黄金色の葉を散らすのも遠くない、
ハゼノキの落葉が風に舞う日も遠くない、
公園を枯葉がしきつめる日も遠くない、
シベリア寒気団が襲う冬の到来も遠くない。

だから、私が多くの死者たちと同じく、土塊《つちくれ》と化すまでの一瞬、
私は私の眼に灼《や》きつけておくより他はない、
ソメイヨシノのもみじの曙いろを、
イチョウの黄金色の光を、ハゼノキの深紅の沈黙を。
過ぎ去るものたちをとどめようはないのだから。

那須高原・一月

眼下にひろがる高原に光が溢れ、
一昨夜、横なぐりに降りしきった粉雪は
いま、林の間にまだらに残るばかり。
地平の彼方に青黒く横たわる八溝《やみぞ》山系。

世界の金融恐慌を危惧して何になろう、
私たちの無智、無策を恥じて何になろう、
他界した知己友人たちの数を数えて何になろう。
私に残された歳月を歎いて何になろう。

部屋に陽光がいっぱいに差しこみ、
箱根駅伝もどうやら結着がついたらしい。
私は暖衣飽食して時を過し、
埒もなくこみあげてくる憤りに耐えている。

私はパーヴォ・ヤルヴィ指揮の
第九シンフォニーのヴィデオディスクを見ることにしよう、
おお、兄弟よ、と呼びかける独唱を聴こう、
また、歓喜よ、神々の火花を、とうたう合唱を聴こう。

兄弟たちを、作者が考えていた人々たちに限ってはならない。
人種や宗教の違いを越えて、地球上のすべての人々の間の友愛を、
彼らのすべてに神々の火花と歓喜を、と願うことが、
私の夢想にすぎないにしても、しばらく夢想にわが身を委ねよう。

晩夏悲傷

ハギとホトトギスの可憐な花々に
ほそい枝をしなわせて伸びている枝をかきわけ
石積みの通路から門を開けて路上に出れば
透明な空の下、晩夏の光は弱い。

私たちは彼らの痛みを思うことができる、
しかし、私たちは彼らの痛みを分かち合うことはできない。
私たちは彼らの歎きを感じることができる、
しかし、私たちは彼らの歎きを私たちの歎きとすることはできない。

災禍が突然襲ってきた日から半年余、
私たちはただ手を拱《こまね》いていたにひとしい。
いつ彼らの痛みを分かち合う日が来るかを知らない。
いつ彼らの歎きを私たちの歎きとする日が来るかを知らない。

私たちの文明の傲りが崩れ去ってから半年余、
私たちの文明は地球上の至る処で破綻に瀕している。
私たちは、それでいて、私たちの傲りに気づかないだろう、
私たちは、それでいて、私たちの文明を信じ続けるだろう。

ハギとホトトギスの可憐な花々をかきわけ
石積みの通路から門を開けて路上を歩み出せば、
人影が長く伸びている、それは私の影なのか。
晩夏の弱い光の中、現実は幻に似ている。

初冬感傷

ハギは散り、ホトトギスの枝々には
まだ淡い紫色の花々が満開だが、
その傍らに四五本のツワブキが凛と直立し、
十一日初旬、もうその黄が眩しく照りかがやいている。

私は歩きはじめる、私はその時に向かって歩いている。
私はその時に向かって歩いているつもりなのだが、
その時は定められた場所で私を待っているわけではない、
私にはその時が不意に襲ってくるのを覚悟している他はない。

私が歩む駅への途上、あの人は最近亡くなったという。
まだ結婚して間もないと思っていたのにたちまち定年退職し、
容姿すぐれた似合いの夫婦が晩年を過していると思っていたら、
夫人を残して、その時が彼を遠く連れ去ったのだ。

駅前のあの人が亡くなって私が弔問に訪ねたのもつい先日だ。
あの人が家付娘と結婚し、二人の娘を育てあげて退職し、
始終垣のバラの手入れをし、ゴミの収集場の周りを掃除していたのに、
いつか見かけないと思っていたら、その時が彼を奪っていたのだった。

ふじみ野に住んでいたあの人も、川崎市麻生区に住んでいた彼も
いつも懐かしい旧くからの知己だったのに、彼らももういない。
私は彼らに話しかける、答えが返ってこないことを知りながらも、
私の周りをあの人たち、彼らの幽魂がとりまいて漂っているから。

私は歩き続ける、しかし急ぐことはない。

ただ、その時が訪れるときまでの日々なのだから。

その時が来た後も、毎年季節がくるとハギやホトトギスの淡い紫色の花々が枝もたわわに咲いているだろう。

葬列の続く日々

岸薫夫のための挽歌

アジサイの白い花の塊りが眼に痛い日々、
来る日も来る日も絡繹《らくえき》と葬列が続く。
そして今日、きみの訃報が届いた。享年八十八歳。
生ある者には必ず葬列に加わる日が待っている。

きみは充分に生き、きみはいまその生を閉じた。
きみが志した社会正義に耳を貸す者はいなかった。
私たちの心はそれほど蝕まれている。
明日はアジサイが仄かな紫を帯びるだろう。

きみの生涯は無意味だったか、無価値だったのか。
たぶん意味もなく、価値もない生涯だったろう。
だが、私たちの生に意味を求め、価値を求めても空しい。
私たちの生はアジサイの色のうつろいよりも儚い。

今日、きみの訃報が届いた。きみは充分に生きた。
きみはきみの信条のままにその生涯を貫いた。
アジサイは日々その紫を濃くしていくだろう。
来る日も来る日も絡繹と葬列が続く。

風が立つと、私はいつも

雪が降るとこのわたくしには、人生が、
かなしくもうつくしいものに――
憂愁にみちたものに、思へるのであつた。
（中原中也）

ケヤキの若葉に風が渡ると、私は
先立った妻のひそやかな囁きを聞くのであった。
その風はさやさやとやさしく私の躰《からだ》をふき過ぎ、
私の寂しさをいっそうかき立てるのであった。

秋の夜更け、嵐がガラス戸を揺らすと、私は
先立った妻のかすかに低い嗚咽を聞くのであった。
私の身勝手に耐え、私の身内との不条理に耐えていた
暗い心の底のしみじみとした歎きを耳にするのであった。

ビル風に倒れそうになる真冬、私は
先立った妻の弾けるような笑い声を聞くのであった。
いそぎ足で生を駈けぬけていった妻の
けなげな日常を思いおこすのであった。

風が立つと、私はいつも先立った妻が
私の傍らにいるかのように感じるのであった。
懐かしい歳月は茫々と去り、憂愁にみちた
時間だけが私に残されているかのように感じるのであった。

挽歌

萩原雄二郎のために

ツワブキが一輪だけ残る早春、訃報が届く。
私はもう充分生きてきたので
旧い友人の訃報はいまさら衝撃をうけることでもない。
ただ寂しさが胸いっぱいにあふれるのだ。

彼が死んだことは間違いないとしても
彼は私の回想の中で生きている。
回想の中の彼はいきいきと話しかける。
その声を聞けないことが私を苛立たせる。

彼の誠実な人格を思い、
彼の高い見識を思い、そして懐かしい栃木訛りを思い、
彼を眼前に見ることができないことを思い、
ふかい悔いに私の胸はしめつけられる。

ツワブキの花が一輪、友の訃報が一通。
私はいまかけがえのない友人を失くした。
彼は私の回想の中で生き続けているのだが、
そのことがかえって私の歎きをふかくするのだ。

自戒のために

私はすっきりと背すじを伸ばして生きねばならぬ。
私がかさねてきた年齢のために
ドジを踏み、物忘れにうろたえ、また、いたわられても
歎いてはならぬ、私は自らを憐れんではならぬ。

ふりかえれば久しい歳月の間、私が傷ついてきた体験が
見はるかす平原に摘みきれぬほどの果実に結実している。
これからの余生、私はそれらの果実を摘み、ささやかでも、
私を生かしてきた社会に還元しなければならぬ。

私は私がとりのこされた孤独を楽しんではならぬ。
私をとりまく空気は冷たく淡い。
私はすっきりと背すじを伸ばして生きねばならぬ。

日没に近く、仄暗い平原の彼方に
真紅の太陽がまさに沈もうとしている。
私はその光の中に溶けこんでいかねばならぬ。

私・十月の風景

仄赤い可憐なハギの花々が頬に触れ、
門を開けて、路上に出れば、人っ子一人いない。
秋十月、空は真っ青な晴天、
路上にいるのが私であるか、私自身不安でならない。

私が私自身であるか、私にはもう確かでない。
私は私をどこかに置き忘れてきたのではないか。
私はどこへ歩きだしたらよいか分らない。
私はただ路上に立ち竦むばかりだ。

あ、あの角から人が出てきた、と思ったら、
その角からも人が現れ、路上にいっぱいの人々、
彼らが急ぎ足で歩いていくではないか。

公園のサクラ紅葉はまだ早い。
彼は彼らを追いかけていこう、そして
駅の雑踏《ざっとう》の中に私自身を探してみよう。

玄冬沈思

透明な空にすっくと茎を立て、その先端に
光をうけとるかのように黄の花弁をひろげるツワブキ、
深い緋色の花々をつけていたホトトギスも
いま色褪せて、すでに冬はふかい。

私は憤ることに倦《あ》きている、
憤ってどうなることでもないと知っているから。
私は諦めることに倦きている、
諦めるより他ないと知りすぎたから。

私は残された歳月を思うことに倦きている。
いつ不意に私に残された歳月が終るか分らないから。
私はボロ布のように生きている。
私は空虚で、ひどく傷ついてきたから。

私は地鳴りのような地底の声に耳をすます。
来る日も来る日も死者の列が続いている。
首うなだれた死者たちは夕陽を浴びながら
口々に私たちは無辜《むこ》にして死んだのだと呟いている。

私は透明な空にすっくと立つツワブキを見やり、
色褪せてなお可憐なホトトギスを見やり
いま私が生きている貴重な時間が過ぎ去り、
過ぎ去っていく時間を無心に見やっている。

文明のさいはてのとき

私たちは私たちの文明のさいはてにいる。
たとえば、金融資本が国境を越えて跳梁し、
私たちが窮乏し、私たちが悲嘆にくれ、
私たちがいかに憎んでも、私たちの文明はたじろがない。

仰げば、凍てついた空に樹々の梢が突きささっている。
梢はまさに凛々しいのだが、空の一隅さえ傷つけられない。
私たちは愛を語り、私たちは寛容を説くのだが、
燃え立つ憎しみの炎を消すことはできない。

たとえば、民族の違い、宗教の違い、旧宗主国や大国間の思惑、
難民を生む原因は無数で、複雑に絡みあっているので、
難民につぐ難民が生まれ、彼らの行き着く地がなくても、
私たちの文明は手を拱《こまね》いて、うろたえるばかりなのだ。

愛は空しく、寛容は無力な観念にすぎない。
私たちが私たちの文明に立ち向かうすべはないから、
私たちは樹々の梢を仰ぎ、嘆息し、死を待つまでの間、
凍てついた空に突きささっている梢を仰いでいるより他はない。

わが生の行方に

ハゼは濃い朱に染まったが、
サクラもみじはまだ一月《ひとつき》は先だろう。
季節の推移は確かだが、
わが生の行方は確かではない。

私は哄笑《こうしょう》することを、微笑することを忘れて久しい。
私は慟哭することを、歔欷《きょき》することを忘れて久しい。
私は憤ることを、歎くことを忘れて久しい。
私は無力感にさいなまれ、悲しむことを忘れて久しい。

私は私たちの愚昧や破廉恥を非難しない。
私は私たちの道義の頽廃を非難しない。
私は私たちの在るがままのすべてを許容しなければならない。

私は無力感にさいなまれ、わが生の行方を知らない。
せめて、俯向《うつむ》くことなく、頸すじをしっかりと立て、
前を向いて歩むように心がけることにしよう。

晩秋小閑

カワセミ街道

池のほとり、カワセミ街道と名づけた小径をゆけば、
林の中に、また、路上にシジュウカラが飛びかっている。
キンクロハジロが水面から首を出し、また、水面の下に潜りこむ。
カモもだいぶ戻ってきたらしい。

娘が突然、あ、カワセミ、と叫ぶ。
池に突きだした枯枝にとまっていたカワセミが
翡翠《ひすい》いろの羽根を誇らしげにひろげて飛翔し、
対岸の群生するヨシの間にまぎれこむ。

望遠鏡をとりつけた三脚を前に腰を下ろし、
二、三時間待ってもカワセミを見ないことも稀でない。
散歩の道すがら、カワセミに出くわすとは何という僥倖であるか。
秋ふかく、空は真ッ青に晴れわたっている。
明日はきっといいことがあるだろうという感じがする。
——そしたら、翌日、風邪をひいた。

晩秋小閑

世界の各地に動乱につぐ動乱、収拾しきれない難民、
先進国の多くはいま前途を見失い、
後進国はますます窮乏し、
人類は底知れぬ淵に顚落《てんらく》しつつあるようだ。

池のほとり、黒ずんだカエデの朱が日ごとに
朱を濃くし、いまは燃えるような赤だ。
ハクセキレイが二羽水面を掠めて飛び、
その純白のはばたきが眼に眩しい。

中産階級も下層階級も没落しつつあるいま、
池に沿って坂を昇れば、イチョウの巨木が
からだいっぱいにつけた葉がモミジし、
黄金から黄に照り輝いている。

空虚な政治家の発言に憤り、歎くことにも
もう倦《あ》きはてた私はじきに世を去るだろう。
財政が破綻しても、季節がくれば、
カエデもイチョウもモミジすることを止めないだろう。

初冬感懐

ツワブキが三、四輪、黄色の花をひらき、
冬が訪れたらしい。天上には風が吹いているが、
ここまでは吹きおろしてこない。
ツワブキは凛として直立し、みじろぎもしない。

私たちの社会システムの基盤が揺らいでいるが、
私は日々偸安《とうあん》をむさぼり、
時世の揺らぎに身を任せ、心を任せ、
家常茶飯の些末に気をまぎらせている。

私が立ち去る日は遠くないから、
日々偸安をむさぼっていれば足り、
私たちの社会の未来を思い煩うことはない。

とはいえ、ツワブキは凛と直立し、みじろぎもしない。
私が立ち去る日が遠くないとしても、
時世の揺らぎに耐えて、自立することを学ぶべきだろうか。

三月、ヤブツバキの散るころ

ヤブツバキの巨木に陽が差し、照し返す葉が眩しい。
見えない手に捥《も》がれた首のような花々が根方に散らばっている。
首が捥がれたように散る花々は無残だが、
花々はそれぞれ散りようを決められないのだから致し方もない。

ヒトがこの世を立ち去るかたちも同じでない。
どのようにこの世を立ち去っていくのか知りようもないのに、
苦しむことなく安らかに立ち去っていくことを望むのだが
そんなことは誰も保証してくれない。

だから、せめて虔《つつま》しく日々を過ごし、
見馴れた身の廻りの風物を記憶にとどめ
世を立ち去るのをみとってくれる人々に惜別の情をこめて、
土に還っていくより他はない。

ヤブツバキの巨木の花々が散るのを見ながら
感慨にふければ、去るものは去り、散るものは散る。
花々が夥しく散るよりもさらに夥しく人々は土に還り、
やさしくこの世を見かえしているかのようにも思われるのだ。

四月・大宮公園

淡墨色に曇った空は低い。
眞っ白いソメイヨシノは満開。
雲のようにかぶさる花の下を
ひとり歩くのは寂しいな。

サクラの幹はごつごつと黒い。
その幹をかこんでシートをひろげ
屋台のヤキトリを肴にビールを傾ける
一群が花を見上げないのは寂しいな。

好きあった若い男女がベンチに腰を下ろし
日頃の鬱憤をなだめるように
手と手をくみ、 口数少く
足許を見つめているのも寂しいな。

淡墨色の曇った空は暗い。
眞っ白いソメイヨシノは満開。
群衆の中にこそ孤独がある。
公園をひとり歩くのは本当に寂しいな。

鳥の眼に映る風景

こうして人間として生きることにも飽き飽きしたねえ。
いっそ一羽の鳥となって空高く舞いあがり
気まぐれな狩猟者に狙撃されて命を落とし
林の底で人知れず死ぬ方がましかもしれないねえ。

私たちの社会は傲慢で強欲で、しかも卑劣な連中と
そのとりまきが仕切っているので、それ以外は
格差社会の大多数を占める貧困層なのだが
貧困を苦にしている人は意外に少いのだねえ。

ある国会審議の情景を想像してみよう。
米国産和牛の輸入は自由化されるのか、と野党の議員が質問すると、
豪州産和牛はしっかり輸入されています、と首相が答弁する。
議長が、充分審議を尽くしたので採択をとることにする、と宣言し法案が成立する。

私が一羽の鳥となって空高く舞いあがり
気まぐれな狩猟者に狙撃されて命を落とすとき
格差社会に生じているさまざまな悲喜劇を
私の眼が一瞬にして把えるのではないかと思うのだが、どうかねえ。

雨蕭々

私の心は固く茹でた卵の殻のように
無数の罅《ひび》割れができている。
頑なに妥協を拒み
私の体の片隅でひっそりと潜んでいる。

私は暖い日差しを求めている。
私は人のうるおいを求めている。
しかし世間はたがいに手を差しのべることよりも
憎みあうことを好んでいる。

雨蕭々とふる午後に
こと志を違えども
ひたすら孤独をかこちつつ
雨音聴いて坐するのみ

私がここを立ち去る日
私の心ははじめて四方八方に飛散するだろう。
私の悲しみの破片が人々に降りかかるだろう。
しかし、昨日と今日が同じように、明日も今日と同じだろう。

雪

灰色の空から音もなく雪がふる。
雪は畑にふり、冬枯れの雑木林の枝々にふり
点在する家々の屋根にふり
寂寥を癒やすかのようにしめやかにふる。

屋根の下にある夫婦の営む家庭がある。
夫は理不尽な上司に対する不安を口にしない。
妻は物価が値上りし家計が苦しいことを口にしない。
夫婦は、だから、家庭が平穏に保たれていることを承知している。

また、別の屋根の下では一人暮しの老人がいる。
老人は彼が立ち去る日の近いことを知っている。
その日はただ一人、連れがいないと分っている。

どの屋根の下にも不平、不安があり、人々はこらえている。
こらえているが、心の底で寂寥がふきあげている。
そんな事情におかまいなく、音もなく雪はふる、しめやかにふる。

晩秋小感

ハギが通路をさえぎるほどに
みどり濃い枝々を伸ばし
その枝々にハギが可憐に花ひらき
ようやく秋がふかまる気配だ。

今年も何人かの知己が世を去った。
名ばかり知っている人々も多く世を去った。
考えてみると、私たちは無数の死者たちと
ごく僅かな生きている者たちで成り立っている。

世を去った者たちは無数の死者たちの
白い闇にまぎれていったのだが、
彼らはじつは地球の片隅で
ほんの一瞬小さな場所を占めていただけなのだ。

私は今年世を去った人々を憶えているが、
それも私がこの世にある束の間であって
私が世を去れば彼らも忘れられる。
同時に私も死者たちの白い闇にまぎれている。

私が世を去る日まで、
何回ハギが咲きハギが散るか、私は知らない。
私が世にあるということは滔々とながれる時間に漂い、
無数の死者たちにまぎれるまでの一瞬だけなのだ。

五月の那須高原

黒磯駅で下車したら例のイタリアレストランに直行する。
気まぐれサラダに菠薐草《ほうれんそう》のスパゲッティを注文。
窓外の草地に幅五〇センチほどの小川が曲りくねって流れている。
突然、小鳥がはばたいて飛来し、ベンチに止まる。
背が黒いセグロセキレイだ。
セグロセキレイはしばらく休むと、またはばたき
その姿は晩春の空の一角に消える。

ぼくはぼくの魂に語りかける。
ぼくの魂よ、おまえも空高く舞いあがり

国会における卑劣な人々、愚昧な人々を注視せよ。
天下泰平、偸安《とうあん》をむさぼる老若男女を注視せよ。
ぼくが憤ることしかできないとしても
ぼくが土に還る日が近いとしても
ぼくの魂よ、おまえが注視した奴等が
いつか罰せられることを信じていよう。

那須五峰と八溝《やみぞ》山系の間にひろがる那須高原、
高原にもりあがり、もりあがる淡く、また、濃い新緑。
その一角のイタリアレストランでエスプレッソを啜りながら、
ぼくはまたセグロセキレイの飛来を待っている。
セグロセキレイが何か情報をもたらしてくれるだろうと期待しながら。

晩秋感懐

日が暮れるのが日ましに早くなり、
繊細な枝々だけをのこしたケヤキの梢の上の空は真っ青だが、
はるか向うは夕焼けだ。
その夕焼けの地平線を二、三の人たちがゆっくり歩いている。
歩きながら低声で囁きあっている。
どうやらすでに立ち去っていった友人たちが会話しているらしい。

――日本は没落するね、
――地球温暖化のためかな、
――いや、地球温暖化の危機は数十年先だろう、

むしろ無軌道な自由主義経済の発展が
倫理感を失くさせたためだろう、
——みずほ銀行がそうだね、
——みずほは氷山の一角だよ、政治家も、官僚も、企業も企業経営者も
みんなが倫理を失くしてしまったのだな、
——ぼくたちが早くあの世を立ち去ったのは賢かったのかな、
——ほんと、そう思うね

足許を見れば、もう暗くなった庭の片隅に
二、三輪のツワブキがすっくと立って黄にかがやいている。

月の光

ドビュッシーに寄せる

月の光は、これ、といってつかみとって示せるものではないが、
たとえば、寝室のカーテンの隙間から差しこみ
寝台に静臥する老人に注ぐ一条の光を考えてみよう。
光は超微細な粒子の連なる流れからなる川に似ている。

川の流れを、これ、と云って、一滴掬いとったとしても
川はとどめようなく流れているから、その一滴も
流れ去った水の一滴、川には漣《さざなみ》が立ち、せせらぎが聞こえるが、
その音はすべて失われたものたちの囁きなのだ。

老人は月の光を浴びながら、その囁きに耳を傾け
懐かしくも、いとしい失われた日々を甦らせ、
すでに立ち去った人々の呼びかける、低い声を聴く。

老人は月の光を浴びながら、月の光がつくる川の流れに
溺れるように睡《ねむ》りに沈む。ふかい睡りの中で
そのまま睡り続けることを望んでいるかのように。

月明り

月明りの下、山荘のヴェランダの家族の団欒、
睦まじく会話を交わし、
しめやかに心をひらいて
互いの絆が固くなったように感じている。

畑中の野道を行く若い男女、
彼に愛されていると思うから
自分も彼を愛しているかのように感じ、
月明りの下、足音を弾ませて歩む。

中年の夫婦はテレビを前に
所帯の苦しさを歎くことを諦め
月明りの下、しんみりと
歎きを分かち合うように口を噤《つぐ》んでいる。

だが、黒い雲が月を覆い、
月明りが消えると、一瞬、誰も彼も
これから惨劇が起るのではないか、と
恐怖に慄《ふる》えるのだ。

蟻たちの群がる風景

空から見下ろすと、私たちは蟻ほどに小さく、
永遠に近い人類の歴史から見れば、
私たちは、ほんのまたたく間、この地にあらわれ、
この地を過ぎ去る旅客にすぎない。

私は蟻ほどに小さい人々にまぎれ、
たちまち忘れさられるだろう。
いま時めいている政治家やタレントたちも
たちまち歴史の底に沈んで忘れられるだろう。

前方を見れば、うじゃうじゃと
夥しい蟻が群がって歩いている。
行方には真っ暗な奈落が待っているだけだ、と
知らないかのように息を切らして急いでいる。

ふりかえれば、私の背後にも
夥しい蟻たちが私を追いかけている。
ほんのまたたく間、私がこの地にある間、
私を追ってくる蟻たちがいとしい、というのも本当なのだ。

梅雨の明ける前

屋根にも庭土にも雨がじとじと降っている。
私はいつの間にか、
社会から弾きとばされて、
社会の外の空間に漂っているようだ。

地に足がついていないことは不安だし、
どこまで漂っていくのか分らないことも不安だが、
どこへ行き着くか分らないままに
生きているのは誰も彼も同じことだ。

社会の外から眺めてみると、
社会には新型コロナウイルスがひそかに跳梁し、
ハローワークは失業者であふれ、
権力亡者たちが破廉恥にのし歩いている。

私は嫌悪してやまない社会の外に漂って
社会を見遣っているのは、じつは風雅を好むからであり、
こうして風雅に生を終えるのも結構なのだが、
それにしても梅雨はまだ明けそうにない。

晩夏、渡りゆく風に

晩夏、木々の梢を風が渡り、
窓の外には掌ほどにも大きいホオの葉が四、五枚、
揺れている。その隙間から覗くのは
カラマツ、シラカバ、カエデ、クリなどの明るいみどり。

誰もがもう歎くことに倦《あ》いた。
誰もがもう憤ることに倦いた。
誰もがもう諦めることにさえ倦いた。
何もかもものうく、無力感にとらえられている。

私たちはもう社会を論じない。
私たちはもう正義を論じない。
何を論じても、みな虚妄の闇の中に
声が吸いこまれて消えていくようだ。

晩夏、明るいみどりの梢を風が渡る。
私は無心に窓の外を見遣っている。
みどりの風が空の涯《はて》に私をはこんで、
私が消え去る日も近いにちがいない。

ハギの花々に

通路を行くと、頬に触れんばかりに
伸ばしている枝々の先から根元まで
淡紅色のハギの可憐な花々が咲いている。
ハギを静寂がつつみ、私を静寂がつつんでいる。

耳を澄ますと、地下の侏儒《しゅじゅ》たちの囁きが聞こえる。
今年もよくやったねえ、ハギが満開だよ、
この家の主人も今年が見おさめだろうからねえ、
いや、この家の主人はまだ三、四年生きるつもりらしいよ。

私がいつこの地を去るか、私は知らない。
知らないけれど、私は侏儒たち、地に潜むものたち、
地に潜んで支えてくれているものたちに感謝する、
私はそう語りかけるが、私の声は地下に届かない。

爽やかな秋空の下、
淡紅色のハギの可憐な花々が満開、
ハギは静寂につつまれている、眺めている私も
静寂につつまれ、いつか敬虔な心地になるのだ。

二〇二〇年五月

アジサイが赤紫の花をひらき、
じめじめした日が続き、梅雨が近い。
新型コロナウイルスの感染者は近頃漸減しているが、
第二波、第三波が必ず襲ってくるにちがいない。

私は新型コロナウイルスを怖れている。
私は新型コロナウイルスに脅えている。
恥多く、悔い多い日々を過してきた
生きながらえてきた過去はどうにもならない。

だから、さらに生きながらえても
また恥をかさね、悔いを新たにするだけだ、と
よく分っているのだが、それでも怖れている、脅えている。
なるようにしかならない、残生どうなることでもない。
そう呟いて、赤紫色のアジサイを見遣れば
ただ黙ってじめじめ重たい花に耐えている。

黄金期

聳え立つイチョウの葉がびっしり黄に色づいている。
いや、梢に近い一群の葉はまだ淡いみどりのままだ。
あの一群の葉はきっと焦っているだろうな、
じぶんたちもみんなと一緒に黄金に染まるはずなんだ、と。

そう、聳え立つイチョウの葉はじきに眩しい黄金に染まり、
来る日も来る日も数百の黄金の蝶が舞い落ちるように、
あたり一面、黄金を撒き散らして落ちていくのだ。
誰もが数百の黄金の蝶が舞い落ちる光景に見惚れるのだ。

だが、一旦地に落ちたイチョウの葉はただの茶褐色の枯葉だ。
雨に濡れてしおたれ、人々に踏みつぶされ、
埋れるように土に還るとき、イチョウの葉は
あれが黄金期だったのだと初めて気づくのだ。

誰もがその生涯に黄金期をもっている。
しかし、そのさ中に在るときはそうとは気づかない。
ねたみ、そねみ、うぬぼれ、さまざまな体験を経て、土に還る日、
その時になって、あの時が黄金期だったと思い知るのだ。

＊黄金期＝golden age

凩にしごかれながら

ハギも散り、ホトトギスも散り、
凩がふきあれ、樹齢二百年のケヤキが
屋根に、庭土に、庭の木々に落葉を撒き散らし、
二、三輪、すっくと立ったツワブキに黄色い花が咲いている。

新型コロナウイルスの感染が怖いから、
外出せず、当然外食もせず、
来客があっても応待せず、蟄居《ちっきょ》しているから
たぎりたつ不定愁訴は手に負えない。

新型コロナウイルスは私たちの文明を
とがめているのではないかな。私たちの文明は
終末期にあって制度疲労し、倫理は頽廃し
自然を冒瀆してきた。そのとがめがいま来たのではないかな。

私だけはとがめないでもらいたいね、
私はいつも私たちの文明を批判し続けてきたのだから。
そんな身勝手が聞き入れてもらえるはずもなく、凩にしごかれても
せめて頸すじをすっくと立てていたいものだねえ。

寂かな場所へ

仕事部屋からガラス戸越しに庭に目を遣ると
ムクドリ、ツグミ、キジバト、アオジの類が次々に飛来し、
何かしら啄《ついば》んでいるらしい、啄み終えると
やがて小鳥たちは空高く飛び去ってゆく。

そういえば、彼らの屍体を見たことがない。
彼らの一羽が老い、あるいは、傷つき、群れを去るとき、
去っていく群れの仲間の小鳥たちに
名残り惜しみながら堕ちていくのだろうか。

小鳥はあらかじめ決めていた場所を目指して堕ちていく。
その場所は人目に触れることのない寂かな場所にちがいない。
私はかつて林の奥、森の奥、用水の畔、田畑の畦を
始終さまよい歩いたことがあるが、竟《つい》に小鳥の屍体を見たことがない。

ふつうなら身よりの人々に見守られて息を引きとるのだが、
どこか誰も知らぬ寂かな場所で死ぬのも好ましいかもしれない。
そうすれば、人知れず、私の屍骸を人目にさらすこともないだろう。
さあ、そんなひっそりと寂かな場所を探しにいこうかな。

精霊との別れ

あるとき、私の魂が言うには、
ヒトの肉体は要するに精神をつつみ保護しているけれど、
肉体はどんな思想も感情ももつわけではない。
だから、思想や感情を支配する魂こそがヒトの本体なのだ、と。

だから、ヒトが死ぬということは肉体が死ぬことを云うにすぎない。
肉体の内面の魂が死ぬわけではない。
ただ、魂をつつみ、保護してくれる肉体が失くなるから、
むきだしの魂は精霊となるよりほかはない。

だから、精霊は毎夜のように私の前に現れ、
歎いたり、喚いたり、大言壮語したりしていたのだが、
しだいに間遠になり、痩せ細り、衰え、稀に現れると
もう疲れて仕方がないと愚痴をこぼすようになった。

ある夜、精霊が言うには、つつみ保護してくれる肉体がないから
精霊としても生きのびられないのだよ、
そう語る精霊はいかにも心残りのありそうな気配であった。
私はヒトの死による別れより、精霊との別れの方がよほど悲しかった。

カワセミのはばたき

きみはカワセミが水面を掠めるように飛翔し去るとき、
そのはばたきを見たというのか、そのはばたきを聞いたというのか。
きみはカワセミのはばたきを見ていない、聞いてもいない。
きみが見たと思い、聞いたと感じているのはきみの幻覚なのだ。

きみは視野に入るすべてを見ているわけではない、
きみは周囲の音のすべてを聞いているわけではない。
きみはきみが見たいもの、聞きたいものだけを選び分け
見たいもの、聞きたいものだけを見、また聞いているのだ。

きみがカワセミのはばたきを見たというのはきみが望んだからだ、
きみがカワセミのはばたきを聞いたというのはきみが望んだからだ。
きみが見、きみが聞いたのはきみが望んだ幻覚でないといえるか。

私たちはいつも幻覚の世界に生きている。だから、
幻覚こそが現実であり、現実はまた幻覚に外《ほか》ならないのだ。
それでもカワセミのはばたきを見、聞くのは私たちの願いなのだ。

ヤブツバキ・二月

公園の西側の入口に近く、左側に
公衆トイレがある。そしてその裏に
四メートル近いヤブツバキの巨木が立っている。
いや、ヤブツバキの隣に公衆トイレがあると云うべきかな。

ヤブツバキは四方にびっしり葉を茂らせた枝々を伸ばし
いくつかの枝々は地にふれるかと思われるほどだ。
曇り日のヤブツバキはしょげかえって
その巨体をもてあましているように見える。

だが、日が差すとびっしり茂った葉の一枚一枚が照り咲き、
日の当らない葉までが生き生きと息づいているようだ。
だからヤブツバキ全体が照り映えているみたいだ。
その葉と茂みには茶褐色の小さな珠のような崖が隠れている。

葉は日々ふくらみ、やがて三月ともなれば
毎日、数百の緋色の花々でヤブツバキを彩るのだ。
同時に、数百の花をちぎりとられた首のように散らすのだ。
そんないたましくも豪奢な光景を私たちは日々見ることになるのだ。

一方で夥しい死による亡失、同時に他方で夥しい新しい生の出現。
そのいたましく豪奢な光景を私たち人類は日々演じている。
私たちがヤブツバキの開花と、同時に落花に見るものは
いわば私たちの生と死とを見ていることに等しい。

公衆トイレに急ぐ人がいる。彼が
ヤブツバキに目もくれないことを咎めない。
ヤブツバキの根方の草地から数羽のムクドリが飛び立つ。
ムクドリが真っ青な透明な空に消えていくのは寂しいな。

四月・満開のサクラの根方で

ソシアル・ディスタンスをたもって坐ろう
新型コロナもその変異株も怖いからね、
と彼が言うので、サクラの木の根方で
彼と僕は左右に分れて腰を下ろす。

見上げれば、ソメイヨシノは満開、
仄かに紅が差した白い花びらが、風もないのに
ひらひらと一枚、また一枚と散っていて、
遊歩道は曙いろに花びらでしきつめられている。

もうじきだねえ、と彼が言うから、
そう、じきだろうけれど、三月先、四月先ではないだろう、
半年先は分らないけれどね、と僕が言うと、
ご覧、風がないのにソメイヨシノが散っているだろう。

あれは散るときがきめられているから、
風がなくても散っているのだよ、
きみにももうそういう時がきたと、
きまりがあるから、もうじきなのだよ、と彼が言う。

そんなきまりは誰が作ったんだね、
それより、あれは不意に襲ってくるのだよ。
それが半年先か、一年先か、分らないけれど、
と僕が言うと、それが未練というものだと彼はせせら笑う。

僕はすっかり心が暗くなって、見渡すと
紅を差した花びらは一枚、一枚と散り続け
曙いろに遊歩道を花びらがしきつめているのだが、
さっきまで晴れていた空を黝い雲が動いている。

ひょっとすると、彼はじつは僕の分身なのではないのかな。

四月下旬・若葉の行方

ソメイヨシノがすっかり花を散りつくした後
樹々の若葉がヒワ色に染まると
まだ胸がふくらまぬ、すんなりした脚をもつ
清潔な少女を思いおこす。

若葉が若草色にすこしみどりを濃くし
四月の午後のさわやかな風に揺れると
情欲を知りはじめ、野望をもち、それでも
羞じらいがちな青年を思いおこす

若葉がもっとみどりを濃くして萌黄色になると
うつり気な愛に翻弄され、それでも
夢みがちな青春期の女性を思いおこす

若葉というより青葉という方がふさわしいほど
マツのみどりと見まがうほどみどりが濃くなると
そこらを歩いている凡庸な男たち女たちを思いおこす

夕映えのケヤキに

来る日も来る日も、昼も夜も、わが家の屋根に、また庭に
樹齢二百年のケヤキがその葉を散らしている。
昼も夜も、隣近所の家々の屋根にも、その庭にも
びっしりケヤキ落葉が散り敷いている。

私はふとケヤキに残る茶褐色の葉の呟きを耳にする。
――ぼくが地に落ちて灰色の落葉になるのももう間近だ。
間近いけれど、それまで何故この枝にとどまっていたらいいのか、
それが分らない、いわば生き甲斐が見つからないのだな。

――散り落ちたら、それでぼくの生涯はカタがつく、
しかし、散りいそいで落葉になりはてるのも口惜しいな。
かつて嫩葉《わかば》のころのみなぎるようだった精気や
眩しいほどの黄金色に輝いていたモミジのころが懐かしいのだ。

――だから当分散り落ちる日が来るのを待つことにしよう。
夕映えのなか、三分ほど葉の残るケヤキを見上げて
私は考える、死ぬことはいつでもできるけれど、
生き甲斐を感じることなく生きることはもっと難しいのだ、と。

生のこっち側で

空は灰色、地平一帯が靄っている。
その暗い地平のあちこちから私を招いている者がいる。
よく見れば、あれもこれも、どれも私自身ではないか。
私の分身が私をあっち側へ早く来いと招いているのだ。

何故、もっと早くこっちへ来ないのか。
もうきみがすることは何も残っていないではないか。
もうきみが捨てて惜しいと思うものもないではないか。
きみが手にしたものがすべて空しいと分っているではないか。

こっち側では喜びもないが、悲しみもない。
もう嬉しさを感じないし、歎くこともない。
こっち側では、きみは無だ、無だから自由だ。
きみは無であること、自由であることが怖いのか。

私は私の分身たちに答えてみよう。
生を享けることは本当に貴いことだから、
許される限り、生をもう少し体験してみたいのだ、と。
そう答えながらも、私の心は揺れている。

あちら側のあちこちから私の分身たちが私を招いている。
もういい加減見切りをつけてこっち側へ来たらどうだ、と。
私の分身たちのそんな声に惹かれながらも
かろうじて生のこっち側で私は日々踏みとどまっているのだ。

吾ひとり生きながらへて

親しき人みなみまかり逝きて、
生きながらへし吾ひとり。
過ぎにし年をふりかへる日々、
悔いのみ新たにすなりけり。

私の好きな詩人がいた、畏敬する詩人がいた。
一人は日本語に新しい息吹をふきこみ新しい日本語を創造した。
別の一人は独創的な想念により未知の世界を示した。
また別の一人は私たちの生の実相を抉《えぐ》りだした。
彼らは天与の星であった。

私は樹々のそよぎに耳をすまし、
野鳥のはばたきに目をこらし、
季節の推移にときめきを覚え、
社会の状況や国際情勢を注視し、
一人の社会人として生活し、
五十余年、その心情を詩に書いてきた。

だが、私の言葉は訴えに乏しく、
共感を喚起することもなく、
道端に捨てられた、心のかよわぬ石くれに似ていた。
私はただ石くれを積んできただけであった。

石くれつむは空しくとも、もし積まざれば

わが鬱懐を奈何せむ。
わが非才、吾死なば積みし石くれたちまちに
崩れ去るともわが残生、石くれ積む他すべはなし。

満開のミモザに

ドウダンツツジの生垣越にまで伸ばした枝々にも
地を這うほどに伸びた枝から梢の枝々まで
どの枝々にも真っ黄色なミモザが房をなして連なり、
枝々の間の葉を隠し、びっしりと真っ黄色だけが眩しい。

ミモザに心を奪われていると、ミモザは淫らで空しいね、と
話しかける者がいる。ふりかえると何と私が私に話しかけている。
何故ミモザが淫らなのか、とこっちがそっちの私に訊ねると、
絢爛たる花は情欲が噴きだしたみたいじゃないか、と云って
そっちの私が答えるので、だからといって空しいかな、とこっちが

言うと、情欲は一刻の夢だ、情欲は必ず空しいのだとそっちが言う。

きみは空しくないのか、とそっちがこっちの私に訊ねるので
そうだな、どういうあてもなく、何をする気力もないから、
空しいと言うべきなのかな、とこっちが言いかえすと
きみは生き甲斐を失くしているのじゃないか、と言うから
それは間違いだ、生きるということは空しさを怺《こら》えることだ、
会社員も商店主も誰も彼も空しさを怺えながら生きているのだよ、
こっちがそう諭すと、それもそうだとそっちも同意する。

そう言えば昔「ミモザ館」という映画があったねえ、とそっちが
言うから、あれは愛欲の空しさを描いた作品だ、
だから映画の中でもミモザの花は一輪もうつらないが、
題名「ミモザ館」だけで充分愛欲の空しさを暗示しているのだよ

とこっちが言うと、あっちの私も肯いて、そっちもこっちも
満開のミモザに見入っていると、自ら空しさが昂じてきて
空の一角にでも消えてしまいたくなる、とこっちが言うと、
そんな気分を抑えて日々を過すのが人生なのだよ、
そうそっちは答えて、またミモザに目を注ぐのだ。

ある川の一生

深山の奥にひっそりときよらかな泉がひそみ、
泉から溢れた滴が零れ落ち、滴が集って流れはじめ、
渓谷の底をくぐりぬけ、里山をめぐり、川と呼ばれることとなり、
いくつかの川と合流し、そのたびに名を変えて流れる。

やがて川は広濶《こうかつ》なる平野の稲田に沿って流れ、
農薬や化学肥料の残渣《ざんさ》のまじった灌漑用水が入りこみ、
一瞬もとどまることなく、ひたすら下流を目指し、
流れつづけて、戻ることはない。

逝くものはかくのごときか、昼夜を舎《お》かず、と云う。
川は私たちの生に似ている。私たちの時はつねに過ぎゆき、
過ぎ去った時は決して戻ることなく、
日々のたつきの垢にまみれて、時が流れ去る。

川は町に入り、町を通りぬけて流れ、
工場廃水や生活排水に汚染されながら
川は河口に達し、河口をぬけ、海に入ると、
流れられないから、もがき、あがき、川は溺れ死ぬ。

海が波立っているのは死者たちが群がり、
次々に流れ来て溺れるものたちに牙をむいているからだ。
だから、海には死者たちがうじゃうじゃ、
あ、あそこの死者は私なのではないか。

もし、あれが私とすれば、ここにいる私は誰なのか。
私に過ぎ去った時はもう停止したらしい。
私はひたすら生死の境を衰亡に向かって下降する。
死者たちの群がる海に陽が差している。

Ⅳ　三・一一東日本大震災のかたみとして

三陸海岸風景

潮でずぶ濡れになった男たち、女たちが
一人、また一人、重たげに足をひきずり、
海から陸へ上ってくる。家並が消え、瓦礫がうずたかく
廃墟となった故郷の跡地に彼らは立ち竦む。

やがて彼らは大地を叩いて慟哭する。
いったい私たちの死は何を意味したか？
私たちを攫《さら》った津波は天災だったのか？
原子炉のメルトダウンに誰も責任を負わないのは何故か？

彼らが大地を叩いて慟哭する声は
野を越え、山を越え、都会の雑沓にまぎれ、
切れぎれに絶えず私たちに問いかけている、
彼らの死は決して過去の暗黒に沈み去るわけではない。

彼らの死の意味を私たちは問い続けねばならない、
私たちが彼らの死に負うべき責任を考え続けねばならない。
私たちは忘れやすい。忘れやすいからこそ
私たちは彼らの慟哭する声に耳を傾けねばならない。

潮でずぶ濡れになった男たち、女たちが
一人、また一人、重たげに足をひきずり、
海から陸へ上ってくる。昨日も、今日も、明日も、
そして彼らは大地を叩いて慟哭し、慟哭してやまない。

私は物言うのを止めねばならぬ

葉ザクラが翳を落とす遊歩道を歩めば、
道いっぱいに散りしいた白い花々。
さみどりの梢を仰ぎながら、私は思う、
私は物言うのを止めねばならぬ。

災厄に襲われた日から一年余、
津波に攫《さら》われた幾千の人々の阿鼻叫喚を
耳を澄ましても聞くことはできないから
私は物言うのを止めねばならぬ。

あの日、たちまち消失した幾百の集落、
家屋は瓦礫と化し、生計のたつきを失った人々に
私たちが差しのべる絆はあまりに細く脆いから
私は物言うのを止めねばならぬ。

メルトダウンした原子炉の状況はいつ判明するか？
廃炉にするまで本当に四十年で足りるのか？
技術を制御できると信じた私たちの傲りのむくいだから、
私は物言うのを止めねばならぬ。

森や畑、屋根や道路に飛散した放射能は
いつ除去できるのか。私たちは私たちの子孫に
償いがたい負の遺産をのこしたのだから
私は物言うのを止めねばならぬ。

復興や復旧も目途が立たない政府の
無策無能を非難することはやさしいけれど
彼らに権力を与えたのは私たち自身なのだから
私は物言うのを止めねばならぬ。

さみどりの木立の中、足許からムクドリが飛び立つ。
私たちのうけた傷痕《きずあと》は、私たちの社会が
よって立つシステムの破綻によるのだから
私は物言うのを止めねばならぬ。

駅前広場・未来風景

ケヤキ、ナラ、コナラなどの雑木林の木蔭に
昨日も今日も人間のかたちをしたものが佇んでいる。
風が吹きつけるとゆらゆらと体を揺らし
目に見えぬものを飛散しながら身じろがない。

じっと身じろぎもしないものに、きみは誰だと訊ねたら
放射能のゴミだという、行き場のないゴミだという。
ふと気付くと、あの木蔭にもそこの木蔭にも
同じように人間のかたちをしたものたちが佇んでいる。

目ざわりだからどこかへ行ってくれと頼んだら
それらは雑木林を出て、駅へ向かって歩きだした。
町の隅々から現れてはしだいに数が増え、
駅前まで来て、これ以上行き場がないという。

行き場のない人間のかたちをした放射能のゴミが
駅前広場を埋めつくし、うなだれて佇んでいる。
身じろぎもせず、群れている。声もなく群れている。
駅前広場には人間はもう一人もいない。

原発建屋のある風景

海は凪ぎ、波がうち寄せ、うち返し、
波がうち寄せ、うち返し、永遠が海辺に停止している。
なかば屋根や壁の破れた建屋を白い風が吹きぬける。
建屋の床に散乱する瓦礫、溶解した金属類など。

建屋の奥ふかく歎息しながら呟く声が聞こえる。
――私たちがどんな辛い目に遭っているか誰も知らない。
――私たちがどんなかたちでどういう境遇か誰も知らない。
その呟きを誰も聴かない。その歎息は誰の耳にも届かない。

高濃度の放射能が建屋に充満し、四方に飛散している。
誰一人近づかない建屋を静寂がつつんでいる。
廃炉にするにしてもその手立てを知る者がどこにいるか。
建屋はただ崩壊する時を待っているのではないか。

波がうち寄せ、うち返し、永遠が海辺に停止している。
なかば屋根や壁の破れた建屋を白い風が吹きぬける。
高濃度の放射能が四方に飛散し、飛散してやまない。
建屋は見捨てられ、地域一帯に永遠が停止している。

三月、海のほとりに

ウメの蕾はまだ固く、海は藍いろに凪いでいる
海の底ふかくはるかに遠い暗がりに
三々五々、ひそやかに囁き合う声を聞く
——私たちが帰る日はついに来ないのか？

あなた方の悲しみに思いを寄せることはやさしい
あなた方の口惜しさを身にしみて感じることはやさしい
しかしあなた方の悲しみに思いを寄せてどうなることでもない
あなた方の口惜しさを身にしみて感じたとしてもどうなることでもない

私たちの文明はどこかで道をふみ違えたらしい
私たちが信じてきた文明の進歩のはては
放射能に汚染されて荒廃した地域であり
あなた方を見捨てることでしかなかった

春三月、海は藍いろに凪ぎ
私たちはあなた方の尽きやらぬ歎きを聞く
私たちにはどう償いのしようもない
ただ茫然とあの日の記憶を心にきざむこと以外は。

浮遊する原発建屋

きみは絶え間なくメルトダウンした原子炉を冷却するため
注いでいる汚染水を貯蔵し、敷地いっぱいに並んでいるタンク群が
安全だと信じているのか。どんな事態が発生しても
汚染水がタンク群から流れ出すことはあり得ないと信じているのか。

直下型地震でなくとも、至近距離の海底に
マグニチュード6とか7というような地震が起こらないと断言できるか。
そんな地震に襲われても、あるいは似たような天災地異に襲われても
タンク群が安全に汚染水を貯蔵し続けられるときみは楽観しているのか。

もしそんな地震に襲われたなら、あるいは、似たような天災地異に襲われたら
タンク群はたちまち倒れ、破壊され、汚染水が流れだし
周辺の居住地域や農地は高濃度の放射能のために見棄てられざるを得ないことになり、
接続海域の漁業も廃業に追い込まれることになる、と思わないのか。

そうなると、原発建屋の底地をひたひたと汚染水が洗い
建屋が日々ひろがる汚染水の沼に浮遊する——
そんな光景は悪夢にすぎないとどうしてきみは断言できるか、
そうだ、これは悪夢だ、だが直視しなければならない悪夢なのだ。

めぐりくる三月十一日に

私たちは地震を予期できない。
私たちは地震がひきおこす津波を予期できない。
私たちは地震を制御できない、また、津波を制御できない。
無力な私たちはひたすら耐えなければならない。

津波が隆起し、次々に隆起し、そそり立って川を溯上し、
川辺の家々を呑みこみ、町々をふみにじり、
海底ふかく人々を攫《さら》っていった、すさまじいエネルギーの恐怖。
空中に、地上に、放射能が充満した、あの日！

私たちはあの日を忘れない。
私たちの記憶からあの日を抹消しない。
予期できない、制御できない、地震、津波に無力である以上、
私たちがあの日を語りつぐことに何の意味があるか。

しかし、私たちはあの日を忘れない。
私たちはあの日を語りついでいかねばならぬ。
無数の死者たちのために、滅び去った町々のために、
そして私たちが耐えることができる存在であることの証しとして。

三・一一を前に

私たちは間もなく此処を立ち去るだろう。
私たちはフクシマを廃炉にすることができないまま
これを私たちの遺産として
私たちの子孫に残していくより他はないだろう。

溶け落ちた核燃料がどういう状態にあるか
七年の歳月が経ってなお何も分っていない。
廃炉の工程表は三十年というが、
気の遠くなるほど先のことをあてにできるか。

廃炉にするための技術開発はつらく苛酷だが、
フクシマ一回限り、汎用性のない空しい作業だ。
そんな空しい作業もまた私たちの遺産として
私たちの子孫に残さなければならないか。

私たちはフクシマを忘れることはない。
しかし、私たちは不安と不信をぬぐいきれない。
しかも、私たちが無念なのは
この不安と不信を何ともできないことなのだ。

また三・一一のために

きみは海が立ち上るのを見たか
浪が壁のように十数メートルそそり立つのを見たか
次々とそそり立ち、忽《たちま》ちなだれ落ちる波に攫《さら》われた死者たちが
海そこふかく徘徊し、ひくく嗚咽する声を聞いたか。

きみは放射能に汚染された森林や畑を見たか
きみは放射能に汚染された集落を見たか
集落から切り離されて立ち去った人々を見たか
きみは森林や畑が嗚咽し、立ち去った人々が嗚咽する声を聞いたか。

生の光のはて、日が沈むように死が訪れると
きみは考えていたのではないか、それは間違いだ。
死はいつもきみたちを待ちかまえ不意にきみたちを襲うのだ。

ふと気づくと私たちの耳底にいつもかすかな嗚咽する声が聞こえている
見棄てられた森林や畑、集落の嗚咽する声を
切り離されて集落を立ち去った人々がひくく嗚咽する声を。

群青の海に

群青の海を見はるかす断崖に立ち
耳を澄ませば　ふかく暗い海の底から
とぎれとぎれの嗚咽を聴く　そして
嗚咽のとぎれに　ひくくつぶやく声を聴く

――私は見棄てられたのではないか
人はみな私を忘れてしまったのではないか
海がそそり立ったあの津波を憶えていないのではないか
さもなければとうに私を捜し出しているのではないか

ふかく暗い海の底のあちこちから
嗚咽を聴き　ひくくつぶやく声を聴き
数千の死者たちのやり場のない歎きを聴く

私たちはあなた方を忘れていない　見棄ててはいない
だが　死者たちは私たちを責め立ててやまない
私は群青の海を見はるかす断崖に立ちつくすばかりだ。

三陸海岸・未来風景

二〇××年、潮風が吹きすさび
海辺には人っ子一人いない。

かつての原子炉建屋の屋根は剥がれ落ち
四方の壁は崩れ、建屋は傾いて倒れかかり
かつて原子炉をかたちづくっていた器具類は
焼けただれ、また、びしょびしょに濡れ
無残に散乱し、乱雑に積みかさなり
かつて炉心があったとおぼしきものはメルトダウンし
はてしもなく放射能を放出し、放出してやまない。

いつ聞いたのか、廃炉にするには三十年かかる、と。
いつ聞いたのか、いま原子核工学を志望する学生はいない、と。
かつて原子炉の建設、運転に携っていた技術者、研究者は
とうに退職し、大方は死歿している。
いつ聞いたのか、原子核工学の研究者、技術者はもういない、と。
だから、廃炉にする技術を、その手順を知る者はどこにもいない、と。

だから、いまさら廃炉にすることはできない。
だから、かつて炉心であったとおぼしきものがメルトダウンし
放射能を放出し、放出し続けるのを止めさせることもできない。

そこの一帯、いま人の立入りは禁止され
地図にはこの一帯が墨くろぐろと塗りつぶされ、

人っ子一人いない、見捨てられた一帯の地域は
わが国の領土にはちがいないのだが、権力が及ぶこともない。
ただ潮風が吹きすさぶばかりなのだ。

永遠の旅人

臨終の床にある人を身よりの人々が見まもり
ついに息をひきとったことを見とどけたとき
はじめて死が確かめられ　死者として受けいれられ
葬られ　死者にやすらぎの場が与えられる。

息をひきとったことを自らも知らず　誰にも知られることもなく
不意に津波に呑みこまれて十余年
二千五百余の人々が海底の岩かげにひっそりと隠れ
あるいは兇悪な魚に喰いちぎられ　あるいはさまよい　漂っている。

彼らが息をひきとったとき　彼らは孤独であった
彼らの死を確かめる者は一人もいなかった
彼らは孤独のまま海底をさすらい　さまよう
彼らは永遠の海底の旅人であった。

ああ、忘れることはやさしい　しかし　私たちは忘れてはならない
海底に沈む二千五百余の人々の運命を
私たちは彼らの死を確かめ　彼らを葬り
彼らの魂を鎮め　彼らにやすらぎの場を与えなければならない。

後記

二〇一〇年に拙作九篇を収めた詩集『立ち去る者』を三百部限定版で刊行して以来一〇年以上が経った。私はその後も僅かながら詩作を続け、随時発表してきたが、あえて詩集にまとめて世に問いたいという気分はもっていなかったので放置していた。

昨年、私は『現代詩人論』の男性篇の執筆に四苦八苦していた。実際、女性詩人の作品についてもその解釈、鑑賞、論評は難しかったが、男性詩人の作品の解釈、論評は女性詩人のばあいとは比較できないほど難しく、文字どおり私の手に余るものであった。ともかく、不満が多いけれども一応書き終えたこととし、青土社に原稿を渡したのが昨年一二月の初めであった。定年退職した会社員がいわゆる荷下ろし症候群に罹ることが多いと聞いているが、私のばあいも、憑《つ》きが落ちたような脱落感を覚えていた。ところが、数日後に激しい詩作への興趣が心の底から迸《ほとばし》りでるように感じた。

その後、本年一月一七日に私の九十五歳の誕生日を迎えるまでの間、主観的には毎日一篇の割合で詩を書いた。整理して保存するつもりもなかったので、二、三日おきに青土社社長の清水一人さんにお送りして預かっていただくことにした。やがて、清水一人さんから詩集にまとめたらどうか、と勧められた。そこで、『立ち去る者』以降の作品をすべて収めた詩集を刊行していただくこととした。

この詩集の第Ⅰ部「冥土」十篇と、第Ⅱ部「樹」の本年一月一七日作の「ある別れの風景」に終わる十一篇、あわせて二十一篇が上記のほぼ一か月間の作品である。

さて、二〇一一年三月一一日に私たちは東日本大震災を経験した。これは地震、津波の深刻さだけでも稀有の災害であったが、原子力発電所の原子炉のメルトダウンをもたらし、周辺地域と地域住民までを放射能で汚染させた、未曾有であり、人類がふたたびくりかえしてはならぬ大災害であった。この当時、被害の体験をうたって私たちの心に迫る俳句、短歌、詩などが数多く公表された。私は当時、全国文学館協議会の会長を務めていた。二〇一二年六月の全国文学館協議会の総会において、私は文学と天災地変を共通のテーマとする展示をできるだけ多くの文学館が毎年三月一一日を中心とする時期に開催することを提案した。この提案は採択され、二〇一三年三月、「文学と天災地変」の共通テーマによる展示が全国四十一の文学館で開催され、同年六月の総会で、共通展示の企画の継続が承認され「3・11文学館からのメッセージ　天災地変と文学」を共同テーマとすることに決まった。この当時、私は日本近代文学館理事長を退任しており、名誉館長になっていたが、日本近代文学館がこの全国的共同企画展示の中心になるように期待されていたことはいうまでもない。二〇一三年以降、二〇二二年まで、日本近代文学館では継続して毎年この「3・11文学館からのメッセージ」展を開催している（二〇一五年以降は日本近代文学館では「震災を書く」というサブタイトルを付している）。私は提案した責任上、この展示には作品を寄せなければならないと考え、毎年、新しい作品を書いて提供し、展示物の一部としていただいてきた。二〇一三年から二〇二二年までの十回に出品した作品が、この詩集の第Ⅳ部をなしている。二〇一六年は「浮遊する原発建屋」の第四連だけを書いたものを出品したが、本書ではその第一連ないし第三連を補足し、完全なかたちで収録した。また、『現代詩手帖』二〇一三年一月号に発表した「私は物言うのを止めねばならぬ」と、『ユリイカ』同年六月号に発表した「駅前広場・未来風景」も、同じ主題の作品であるのでこの第Ⅳ部に収めている。

第Ⅲ部に収めた詩は、『立ち去る者』以後、第Ⅰ部、第Ⅱ部の作品以前に、『ユリイカ』『現代詩手帖』に発表した作品を、青土社編集部の足立朋也さんが探し出してくださったものである。私は自分の作品の保存にはなはだ不熱心なので、私自身がこの詩集の編集のために提供した資料は皆無である。第Ⅰ部、第Ⅱ部の作品は清水一人さんにお預かりいただいたものであり、日本近代文学館の震災展に出品した作品も足立朋也さんが集めてくださったものである。私は、少なくとも二十一世紀に入ってからは、『ユリイカ』『現代詩手帖』の二誌以外の雑誌、新聞等から寄稿の依頼を受けたことはないので、本書に収めた作品が『立ち去る者』以降の全作品であると信じている。

八十四歳から九十五歳という超高齢者の作品に興味をもってくださる読者がおいでになるか、きわめて疑問であるが、青土社社長の清水一人さんの厚意により本詩集が刊行されるに至ったことに感謝し、また、上記のような苦労をして作品を蒐集し、編集、出版の実務を担当してくださった編集部の足立朋也さんにも感謝の意を表したい。

二〇二二年二月五日

中村　稔

初出一覧

Ⅰ　冥土

全篇書き下ろし

Ⅱ　樹

全篇書き下ろし

Ⅲ　寂かな場所へ

晩秋悲歌　磯輪英一さんの死に　『現代詩手帖』二〇一一年一月号
那須高原・一月　『現代詩手帖』二〇一二年一月号
晩夏悲傷　『ユリイカ』二〇一二年一月号
初冬感傷　『ユリイカ』二〇一二年一月号
葬列の続く日々　岸薫夫のための挽歌　『現代詩手帖』二〇一四年一月号
風が立つと、私はいつも　『現代詩手帖』二〇一五年一月号
挽歌　萩原雄二郎のために　『ユリイカ』二〇一五年四月号
自戒のために　『ユリイカ』二〇一五年四月号
私・十月の風景　『現代詩手帖』二〇一六年一月号

玄冬沈思　『現代詩手帖』二〇一七年一月号
文明のさいはてのとき　『ユリイカ』二〇一七年一月号
わが生の行方に　『ユリイカ』二〇一九年一月号・「わが決意」改題
晩秋小閑　カワセミ街道　『ユリイカ』二〇一八年一月号
晩秋小閑　『ユリイカ』二〇一八年一月号・「晩秋小閑　モミジする季節に」改題
初冬感懐　『現代詩手帖』二〇一九年一月号
三月、ヤブツバキの散るころ　『ユリイカ』二〇二〇年一月号
四月・大宮公園　『ユリイカ』二〇二〇年一月号
鳥の眼に映る風景　『ユリイカ』二〇二〇年一月号
雨蕭々　『ユリイカ』二〇二〇年一月号
雪　『ユリイカ』二〇二〇年一月号
晩秋小感　『ユリイカ』二〇二〇年一月号
五月の那須高原　『現代詩手帖』二〇二〇年一月号
晩秋感懐　『現代詩手帖』二〇二三年一月号
月の光　ドビュッシーに寄せる　『ユリイカ』二〇二一年一月号
月明り　『ユリイカ』二〇二一年一月号
蟻たちの群がる風景　『ユリイカ』二〇二一年一月号
梅雨の明ける前　『ユリイカ』二〇二一年一月号
晩夏、渡りゆく風に　『ユリイカ』二〇二一年一月号
ハギの花々に　『ユリイカ』二〇二一年一月号

二〇二〇年五月　『ユリイカ』二〇二一年一月号
黄金期　『ユリイカ』二〇二一年一月号
困にしごかれながら　『現代詩手帖』二〇二一年一月号
寂かな場所へ　『ユリイカ』二〇二二年一月号・「静かな場所へ」改題
精霊との別れ　『ユリイカ』二〇二二年一月号
カワセミのはばたき　『ユリイカ』二〇二二年一月号
ヤブツバキ・二月　『ユリイカ』二〇二二年一月号
四月・満開のサクラの根方で　『ユリイカ』二〇二二年一月号
四月下旬・若葉の行方　『ユリイカ』二〇二二年一月号
夕映えのケヤキに　『ユリイカ』二〇二二年一月号
生のこっち側で　『ユリイカ』二〇二二年一月号
吾ひとり生きながらへて　『ユリイカ』二〇二二年一月号
満開のミモザに　『ユリイカ』二〇二二年一月号
ある川の一生　『ユリイカ』二〇二二年一月号

Ⅳ　三・一一東日本大震災のかたみとして

三陸海岸風景　『ユリイカ』二〇一三年一月号／日本近代文学館「文学と天災地変　震災をこえて——文学者たちの言葉」展、二〇一三年三月
私は物言うのを止めねばならぬ　『現代詩手帖』二〇一三年一月号
駅前広場・未来風景　『ユリイカ』二〇一三年六月号

原発建屋のある風景　『ユリイカ』二〇一四年一月号／日本近代文学館「3・11文学館からのメッセージ　天変地異と文学」展、二〇一四年三月

三月、海のほとりに　日本近代文学館「3・11文学館からのメッセージ　震災を書く」展、二〇一五年三月

浮遊する原発建屋　日本近代文学館「3・11文学館からのメッセージ　震災を書く」展、二〇一六年三月・大幅に加筆して題を付した。

めぐりくる三月十一日に　日本近代文学館「3・11文学館からのメッセージ　震災を書く」展、二〇一七年三月・「またたぐりきた三月十一日に」改題

三・一一を前に　『現代詩手帖』二〇一八年一月号／日本近代文学館「3・11文学館からのメッセージ　震災を書く」展、二〇一八年二月〜三月

また三・一一のために　日本近代文学館「3・11文学館からのメッセージ　震災を書く」展、二〇一九年三月・「めぐりくる三・一一のために」改題

群青の青に　日本近代文学館「3・11文学館からのメッセージ　震災を書く」展、二〇二〇年二月〜三月

三陸海岸・未来風景　日本近代文学館「3・11文学館からのメッセージ　震災を書く」展、二〇二一年一月〜三月

永遠の旅人　日本近代文学館「3・11文学館からのメッセージ　震災を書く」展、二〇二二年三月

寂かな場所へ

2022年4月15日　第1刷印刷
2022年4月30日　第1刷発行

著者——中村 稔

発行人——清水一人
発行所——青土社
東京都千代田区神田神保町1-29 市瀬ビル　〒101-0051
電話　03-3291-9831（編集）、03-3294-7829（営業）
振替　00190-7-192955

印刷・製本——双文社印刷

装幀——水戸部 功

ISBN978-4-7917-7461-6　　Printed in Japan